魔法烏龍冒險隊 ④

治癒胖龍的妙藥

史提夫·史提芬遜 著

伊雲·比加雷拉 圖

U0099824

新雅文化事業有限公司

www.sunya.com.hk

魔法鎮地圖

荊棘草原

大迷宮

松鼠樂園
橡樹林

熊崖堡

怪物林

鼴鼠城

雪峯

英雄暗號

　　　　無論是現在或將來，
魔法鎮可能會面臨大大小小的危險，
　　但只要「遠方會」唸出這道咒語：
「超級超級大英雄，遠方之地召喚你！」
　　　　大英雄就會立即出現，
　　　　　守護這座小鎮。
　　記住，一定要大聲地唸咒語，
　　　　用盡全力去唸啊！

馬芬

與「遠方會」的朋友

馬芬

「遠方會」的大英雄，不修邊幅，有點小聰明，敢於冒險。

吉爾

熊魔法師，有點笨拙和膽小，喜歡美迪。

菲菲

精靈公主，可愛迷人，但難以捉摸她的心情。

美迪

浣熊醫生，醫術精湛，溫柔細心，值得信賴。

泰德

鼴鼠博士，知識淵博，背包裏放滿圖書。

布麗塔

松鼠戰士，英勇無畏，但性格率直急躁。

目錄

1
不想上體育課啊!

　　體育是許多人最愛的科目。請注意:我說的是「許多人」,並不是「所有人」啊!

　　馬芬就是個例外。對他來說,上體育課的痛苦,簡直就像牙痛,就像游泳時鼻子嗆水,就像被迫穿上一件扎得皮膚又痛又癢的硬毛衣,又或者像……哎呀,

反正我的意思就是：馬芬討厭體育課極了！

你可能會想：這有什麼好奇怪的？一看就知道馬芬是個大懶蟲嘛！不幸的是，體育老師韋斯很不滿意馬芬這個樣子。事實上，他一直抱着一個教學目標，就是要把像馬芬這樣的懶鬼、懶蟲、懶傢伙，統統改造成運動健將。

快看！韋斯老師就在那裏，追在我們的藍髮大英雄身後，滿操場奔跑呢！更可怕的是，他還不停吹着哨子⋯⋯

呎！呎！呎！

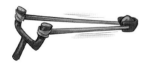

　　「別停下！只要集中精神，你一定可以做到！」他的叫喊聲傳到馬芬耳邊，

「真正的力量是來自你的內心，而不是雙腿！」

「但為什麼⋯⋯只有我一個⋯⋯需要跑步⋯⋯」馬芬一邊氣喘吁吁地問，一邊向同學們投以無助的目光。也不知道是為什麼，韋斯老師就只盯上了馬芬一個，其他人卻可以隨心所欲，想做什麼就做什麼。不，應該說，他們可以什麼都不做！

比如「霸王」阿迪，他正坐在草地上，一邊挖着鼻孔，一邊嘲笑馬芬。

馬芬舉起手，上氣不接下氣地說：

「韋斯⋯⋯老師⋯⋯阿迪他⋯⋯」

「不准分心！」韋斯老師立即打斷了他，大喊道，「看看你的同學，他們都在認真訓練，從不會找什麼藉口！」

什麼？「大胃王」森姆只是在訓練自己的下巴啊。他剛才吞下的那件三文治，比他的臉還要大呢，而且他似乎兩口就吃完了⋯⋯

呸！呸！呸！

「我一定會把你培養成一名運動健將！」韋斯喊道，「跑！繼續跑！繼續跑！」

幸好，阿黛西老師這時來到操場，向韋斯老師揮了揮手，似乎有事要找他。韋斯老師擔心馬芬會偷懶，跑開時還不忘叮嚀他：「不許停！集中注意力！尋找你內心的力量！」

但馬芬更想尋找的，是能夠讓他躲起來的地方。他瞧瞧四周，最後選中了一片灌木叢，馬上跑了過去，不過……

「走開！」「壓路機」瑪莉娜的喊聲傳來，原來她正躲在裏面做科學作業。

馬芬只好再找別的地方。他環顧四周，突然發現了一道樹籬。樹籬距離他並

不遠，而且還很高。於是，他拼盡全身最後一丁點兒的力氣（相信我，真的只剩那麼一丁點兒了），向着目標衝刺。

「大英雄，加油！就差最後這段路了……」他喃喃自語，為自己打氣。

你沒聽錯，他的確自稱為「大英雄」呢！你別取笑他呀，這不太禮貌，畢竟馬芬確實是個大英雄……我是說，在魔法鎮的神奇世界裏。

「唉，要是吉爾現在能把我帶到魔法鎮，那該多好！唉，要是我能聽見他的召喚咒語，那該多好……」馬芬喘着氣，

小聲嘀咕着。

「超級超級大英雄！」

你看！果然是心想事成！呼喊聲是從樹籬傳來的，馬芬二話不說，猛地撲向樹籬。呃……結果，他腳下一個踉蹌，就滾了進去。

片刻之後，他已經來到了魔法鎮這個神奇、美妙又閃閃發光的世界。不過，和平日相比，今天它好像不怎麼神奇，不怎麼美妙，也不怎麼閃閃發光了。

2

謎之煙霧

　　馬芬降落在布滿石子和泥土的地上。天氣很冷。在他四周，沒有熟悉的綠樹青山，只有一大團臭烘烘的煙霧。你還記得野豬呼出的臭氣嗎？這麼快就忘了嗎？總之，現在這股氣味就跟野豬的臭氣差不多。

　　大英雄咳嗽了幾聲，不禁揉起眼睛，

開始東張西望。附近什麼人都沒有，卻傳來一陣奇怪的聲音。

啪！啪！啪！

突然，一隻毛茸茸的大蜘蛛徑直朝馬芬的腦袋襲來。幸好，他的頭髮有點油晃晃，蜘蛛只能灰溜溜地滑走了。（馬芬這個大懶鬼，在洗頭這件事上也不例外！）可沒想到，又一隻蜘蛛從煙霧裏冒了出來，並立刻向他進攻。馬芬先是一個閃躲，然後從地上撿起一塊石頭。

「我瞄得可準了！」他邊喊邊用手掂了掂石頭，「你們想嘗嘗我的厲害嗎？」

「趕快停手！」一個聲音在他背後響起。原來是泰德，他的鼺鼠朋友！只是……今天他看起來不像平日友善。「你竟然想用石子扔我的玩伴？」

「玩伴？你是說這些長着長牙和長毛的蜘蛛？」

「其實牠們很溫馴呢！」泰德一邊反駁，一邊伸出手臂。轉眼間，那兩隻蜘蛛就停在他張開的手爪上──左手一隻，右手一隻。牠

17

們在泰德的手掌上翻了個身，肚皮朝天，開始打起呼嚕來。

「我從沒見過寵物蜘蛛。」馬芬嘀咕着撓了撓頭。

「對我們鼯鼠來說，這可是一項悠久的傳統！你要知道，第一位馴養這種蛛形綱動物的，正是傳奇人物鼯皮奧爵士，這段歷史要追溯到遙遠的⋯⋯」

「哎呀，泰德，你能不能下次再說這個？我們要趕快出去！」魔法鎮上最胖乎乎和毛茸茸的魔法師吉爾忍不住打斷他。（不過⋯⋯今天他不像平時那麼毛茸

茸了，很快你就會知道原因啦！）

「出去？這是哪裏？我們又要去哪

裏？」馬芬一頭霧水。到目前為止，除

了煙霧、石頭和寵物蜘蛛外，他什麼都沒

看見，什麼都沒弄明白。

「我們正身處岩洞之家，也就是鼯鼠們居住的地下城！」松鼠布麗塔一邊回答，一邊在空中揮舞着自己的木劍，想要驅散煙霧，「還有，你這個橡果腦袋，沒有留意到這裏處處都是煙霧嗎？像是有什麼東西燒焦了！」

話說回來，算上布麗塔，遠方會幾乎全員齊集：一隻鼯鼠、一頭大熊和一隻松鼠……再加上頭髮油膩到能防禦蜘蛛的大英雄馬芬。

「沒錯，這煙霧已經蔓延到岩洞之家的每個角落了。」吉爾補充，「鼯鼠們都

疏散了⋯⋯我們也要想辦法出去！」

「吉爾，你們身處這臭氣熏天的洞穴裏，偏偏這時才把我召喚到魔法鎮，這樣算是朋友嗎？」馬芬氣呼呼地說。與此同時，泰德正帶領大家朝出口的方向前進。

布麗塔露出了壞笑：「怎麼了？大英雄，難道你是怕自己的大耳朵會被煙熏嗎？依我看，你可以把它們當扇子用，這樣就能驅散一些煙霧了！」

「布麗塔，別再胡鬧啦！」吉爾告誡她，「不許取笑我們的大英雄，我們

需要他……咳咳……幫我們解決……咳咳……」

「吉爾，你別着急！等我們逃出去後，你再慢慢告訴我是怎麼回事。」馬芬輕輕拍着大熊的背部。

經過一番摸索和掙扎，他們終於逃出了洞穴。啊，外面一點煙霧都沒有！可是……實在太冷了！

在他們四周，是一片白皚皚的雪地，正在陽光下閃閃發亮。他們還看見一大羣鼴鼠：

有些成羣結隊地在討論，有些驚慌失措地大喊，還有些忙着搬運各式各樣的家具、衣物、包袱和箱子……

「大英雄，正如你所見……」泰德憂心忡忡，「對我們鼴鼠來說，已經到了危急關頭。」

「你有什麼辦法嗎？」布麗塔一邊問，一邊用尾巴裹住身體取暖。

「嘶嘶嘶！」馬芬冷得牙齒直打架。

「這就是你的回答嗎？真有趣！」

「等等！」吉爾突然插話，翻找袍上的口袋，「我知道他需要什麼……」

只見他在馬芬眼前揮舞起一件深色的皮草，這件皮草又粗糙又笨重。「嘿嘿，快看這個！希望它合身，這可是我親手為你做的，是用我上一次剪毛時留下的毛髮所做啦……」

「你……你是說……」馬芬簡直不

24

敢相信自己的耳朵。（儘管他的耳朵這麼大，而且聽力也不差。）

「我讓理髮師把沒那麼硬、沒那麼扎手的毛留下來，然後自己再花了好幾個小時，才給你編織了這件皮草呢！快穿上試試吧，快點！」

「啊，其實現在沒那麼冷了……」馬芬勉強擠出一絲微笑。光看一眼那件粗糙的皮草，他就覺得渾身發癢。

「哈哈，你別不好意思嘛！」吉爾笑着說，「我知道，這是一件多麼珍貴、暖和又香氣四溢的禮物……不過，親

愛的朋友，這是我的一點心意而已！」

　　馬芬別無選擇，他只好閉上雙眼，咬緊牙關，讓吉爾替自己穿上皮草。布麗塔在一邊偷笑個不停。

　　「來吧……」她安慰馬芬，「這總好過用栗子尖刺做成的背心、用新鮮蕘

麻做成的鞋子，或是用針氈樹林裏的松針做成的耳罩……」

馬芬沒有理會她，他只覺得自己好像正被一頭豪豬擁抱。不過，很快他的牙齒就不再上下打架。馬芬終於恢復精神，可以專注地思考了。

「對了，你們剛才説到哪裏？」

「説到岩洞之家失火了，鼯鼠們都逃了出來。」布麗塔總結道。

「但也許有人能幫助他們……」吉爾一邊補充，一邊向大英雄眨了眨眼。

「這個人是誰呢？」馬芬不禁瞪大了

雙眼。

「非你莫屬！」泰德愁眉苦臉，眼淚幾乎要流下，「誰叫你是我們的大英雄！你必須查明事件的真相⋯⋯岩洞之家裏藏有我全部的寶貴知識、用樹皮製成的書籍，還有地圖⋯⋯」

「地圖？」一把細小的聲音突然傳來。

接着，映入他們眼簾的是一對蝴蝶的翅膀——原來是菲菲，遠方會的小精靈！

3
洞穴裏發生了什麼事？

　　菲菲輕拍了一下翅膀，停在了馬芬的肩上。大家都笑着跟她打招呼，只有泰德仍然愁眉不展……

　　「你們剛才是在說地圖嗎？」菲菲問，「是不是有誰找到了地圖，能告訴我怎樣回到花冠王國？是這樣嗎？是不是？」

菲菲是花冠王國的公主，那是一個精靈王國。有一次，菲菲出來玩耍，結果迷了路，再也回不了家。泰德曾向她許諾，會在魔法鎮都城熊崖堡的圖書館裏找出地圖，幫助她回家，可是迄今為止，泰德都一無所獲。再説，今天他還有別的事要操心呢……

　　「菲菲，很抱歉。」泰德聳了聳肩膀，「我剛才説的那些地圖，是我自己書房的珍藏。也許它們已經着了火，燒成灰燼了！」

　　他一邊説，一邊指向岩洞之家的其中

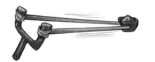

一個入口，一團灰煙正從那裏冒出來。

「唉，我們美麗的家園，現在都不知成了什麼模樣。」泰德歎了口氣。

他說得沒錯。此刻在灰煙的籠罩下，根本無法看清這座城鎮的全貌。但在陽光明媚的日子裏，這裏是一派壯觀的景象。試想像一座綿延又陡峭的山丘，漫山遍野都是青草，綠樹成蔭。山坡上有許許多多的小門和小窗戶打開着，每扇小門上都掛有一圈花環或一顆金色的松果，每戶窗前都盛開着鮮花，還有在陽光下晾曬的牀單和衣物，五顏六色的，好看極了。

對了，窗台上通常還擺放着好幾碗炒栗子，用來招待路過的客人。

你不時還能看到這樣的情景：有誰從窗戶探出頭來和鄰居聊天，或是澆花。

（在某些情況下，鼴鼠澆的不是花，而是鄰居，因為「大近視」鼴皮斯總是忘記戴上眼

鏡。）有時候，有誰會把牀單晾在窗外，而長長的牀單會拖到樓下，遮住鄰居的窗戶，這時鄰居就會探出腦袋，表示抗議。

（又或者探出腦袋，用牀單擦鼻涕，例如鼺皮斯，因為他總是分不清手帕和牀單。）

在山丘的另一邊，你會看見更大、更昏暗的洞口。那裏有一些隧道，通向地下深處的礦井──它們大得跟巨人的洞穴一樣！

　　礦井裏有許多礦工，他們從事着整個岩洞之家最熱門的工作。（這還用說嗎？鼴鼠就愛對着泥土挖呀、刨呀、鑽呀！）每天他們都會發現許多珍貴寶石、稀有金屬和遠古化石，然後全拿到商店去售賣。在山腳下，大約有十多家這樣的商店，它們的櫥窗全都亮晶晶呢。

　　總之，岩洞之家是一個既溫馨又有趣

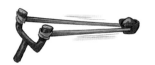

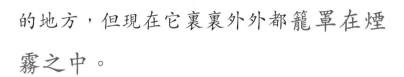

的地方，但現在它裏裏外外都籠罩在煙霧之中。

泰德就這樣不停地重複，不停地歎氣，不停地抱怨。（泰德這傢伙，其實很容易生氣。噓！你千萬別告訴他是我說的！）不過，馬芬只能分配一隻耳朵聽泰德說話，因為他正渾身發癢。儘管他難受到不行，還是想到了一個聰明的辦法。嘿嘿，誰叫他是**遠方會的大英雄**呢！

「我不覺得這是一場火災。」他說道。

大家不約而同地轉過身來，用疑惑的

目光看着他。

「剛才我們在洞裏的時候，四周有煙，卻很冷，對不對？」

「好像真是這樣……」布麗塔嘟嘟嚷嚷，若有所思。

「如果這是一場大火……」馬芬繼續說，「那我們在山洞裏的時候，早就會熱得融化了，所以……」

「所以什麼？」伙伴們異口同聲地問。

「所以這件事一定不是表面看上去那麼簡單。我們可以四處問問，打聽消息，

比如問問那些礦工，也許他們在岩洞裏工作時，看見或聽見了什麼異樣。我這就去問他們，你們在這裏等我吧！」

此刻，礦工們正圍成一圈，熱烈地討論着。他們的聲音一個蓋過一個，不停地比手畫腳。有些揮舞着手爪，像模仿鳥兒飛翔的姿態；有些用手爪捂住耳朵，似乎不想去聽這些亂七八糟的聲音。

「抱歉，打擾了……」馬芬禮貌地打斷了他們，「我想問問，今天早上你們在洞穴工作的時候，有沒有留意到什麼異常情況？」

「我們正在說這事呢⋯⋯」回答他的是最為年長的一名礦工，他的鼻子上架着兩塊厚厚的鏡片。

「當時我們正在一個洞穴裏工作，那裏的洞頂很高。突然，一道黑影在我們頭頂上掠過。接着，我們就聽見有什麼東

西在刮着洞壁，然後就傳來可怕的叫聲。最後，洞裏到處瀰漫煙霧，我們不得不逃了出來。這事夠奇怪吧！」

「夠奇怪……」馬芬一邊回答，一邊用力撓了撓自己的背。

「這是熊毛做的皮草吧？」老礦工笑道，「小伙子，忍着點！這總好過用高岸荊棘做成的襯衫！」

「更別説用雪峯石片做成的鞋子了。」另一名礦工也邊説邊笑。

「看見了吧？他們個個都很羨慕你呢！」吉爾來到馬芬旁邊，悄悄對他

説，「下一次我會給你做條圍巾！」

光是想想那條圍巾，大英雄的脖子就不禁發癢！可是，他沒時間搔癢了。他向礦工們道謝並告別，然後大聲宣布：「伙伴們，我已經問清楚了！在這件事裏，有無端冒起的煙霧，有飛影，有刮擦岩石的聲音，還有可怕的叫聲……那一定就是……」

「是龍啊！」伙伴們突然齊聲大喊。

他們話音剛落，真的就有一條龍從地底冒了出來，出現在岩洞之家的山腳下！

更確切地說，那是一個龍頭，正不斷搖晃，把腦袋上的沙子、石子和雪粒抖落，還不停呼出灰煙。這煙太濃了，大家根本看不清煙霧後的身軀究竟有多龐大！

4

可怕的胖龍

　　這時，那頭胖龍揮動雙翼，揚起了一堆白雪、泥土和石塊，然後飛到了半空中！更可怕的是，他發出的聲音讓人直起雞皮疙瘩，就是那種陰森森的叫聲。哎呀，總之恐怖極了！

　　鼴鼠們慌亂地抓起自己的家當和隨身物品，並將孩子背在身後，四散而逃。他

們不是衝向雪地，就是躥往樹林。

「啊！怎麼會有這麼可惡的醜八怪！」菲菲不禁尖叫，「你們要不要我對他施展魔法？」

可是，她話音剛落，一陣煙霧就撲面而來，無情地將她捲入雪地裏。

「也⋯⋯也許我們應該投⋯⋯投降認輸⋯⋯」吉爾提議。

但是泰德極力反對：「不行！我們必須打敗巨龍，保護家園！」

「對！絕對不能投降！」布麗塔二話不說就往前衝。

馬芬趕緊抓住她的尾巴：「等等！要是你不想被烤焦，就別那麼衝動！我們必須運用計謀。」

「誰是紀某？」菲菲抖落身上的雪，好奇地問。

「是『計謀』啦……」馬芬糾正道，「就是能讓我們……阻止那條龍的聰明辦法！我們要快速編織一張大網，所有的

線、繩子、帶子或是其他有用的東西，都要收集起來！」

「好辦法！看來，你並不是我以為的那種橡果腦袋嘛。」布麗塔興奮地大喊，然後便**自告奮勇**指揮大家行動：「吉爾，你去把礦井口的那卷繩子拿來！馬芬，你快去扯下那些樹上的藤蔓！我和泰德則負責取下圍欄上的鐵絲！」

一旦開始行動，哪怕是匆匆忙忙的，遠方會總能幹出一番成績。你看，馬芬和伙伴們不消片刻，已經用繩子、藤蔓和鐵絲編織出一張大網！

胖龍依舊乘着一朵灰雲，在他們的上空盤旋。「伙伴們，快看！」布麗塔指着那頭怪物喊道，「他身軀這麼龐大，渾身長滿了鱗片，還會吐煙。光靠一張網可不夠，我們每一個都要拼盡全力才行！」

「那讓我試試唸咒語。」吉爾一邊回應，一邊揮舞起他的魔法杖。

「我會直接朝他的臉飛去!」菲菲用尖細的聲音說,「我一直都很『可』奇,龍究竟長着什麼樣的面孔!」

「菲菲,是『好奇』,『好奇』!」泰德又忍不住糾正她,「至於我⋯⋯」

可是,胖龍的咆哮聲實在太響亮了,誰都聽不見泰德到底在說什麼。依我看,你也一定聽不見⋯⋯

「轟!咳!咳!」

這聲音太奇怪了,是不是?幾乎像馬芬在冬天生病時咳嗽的聲音。但現在誰還顧得上這個呢?必須趕快行動啊!

吉爾集中精神，在腦海中努力搜索咒語，以應付眼前的危機。（但他總是出錯，所以連他自己也不知道那咒語是不是合用。）

泰德和布麗塔分別拉起大網的兩端，準備用它網住胖龍。馬芬則為他的魔力椏杈尋找彈藥。因為沒有合適的石子，他只好抓起一條繩子，將它綁在椏杈上，然後……

不好了！原來那條繩子是大網的一部分！結果，馬芬一鬆開魔力椏杈，大網就從泰德和布麗塔的手爪鬆脫，還把

他網住，一同射向了胖龍。

　　嗖！馬芬如閃電一般飛進了煙霧，然後一頭撞在胖龍的肚子上。胖龍的身體

硬邦邦的，長滿了鱗片。至於那張大網，不僅將胖龍團團包圍，而且還越收越緊，使他的雙翼無法動彈。

哈哈，此刻的胖龍看起來就像一根火腿啊，但情況很不妙！你看，胖龍正迅速墜落，而馬芬似乎已無路可逃！

我們的大英雄就這樣與胖龍綁在一起，繼續急速下墜，而且胖龍看起來很不滿意自己被裹成火腿一般。為了掙脫束縛，他拚命搖晃身體，還不停旋轉、跳躍，簡直就像一座風車般，菲菲也被他撞到好幾次了。（還記得嗎？剛才菲

菲為了看清楚胖龍的臉蛋，徑直飛了過去。）

啪嗒！精靈被撞倒在地上。這已經是胖龍第二次害她一屁股跌在雪地裏，菲菲生氣極了！每當她生氣的時候，你知道會發生什麼事嗎？要是你不知道，很快就能看見了⋯⋯

只見雪地上突然憑空出現了一條粗壯無比的**巨型毛毛蟲**。她目露兇光，張開血盆大口，對準了上空的胖龍火腿。

別忘了，火腿上還綁着馬芬呢！

5

大混戰

胖龍裹在大網裏，飛馳而下，剛好落在距離毛毛蟲嘴邊一毫米的地方。嚓！毛毛蟲什麼都沒吃到，只吃了一嘴的空氣。哈哈，這場面真是太好笑了！

胖龍重重地掉在雪地上，砸破了泰德房間的屋頂。（呃……他的家就在胖龍墜落的正下方，你說巧不巧？但對泰德來

說，這場面可一點都不好笑呢……)

頃刻之間，大家全都掉了下去：馬芬隨着胖龍墜落；毛毛蟲是自己滑進去的；吉爾、泰德和布麗塔則是為了拯救馬芬。事實上，泰德是希望前去拯救他的藏書，哪怕只有幾本也好。你可別覺得誇張：要是有一頭吞雲吐霧的胖龍和一條大發雷霆的毛毛蟲同時闖進了你的房間，我敢打賭，你也一定會想盡辦法拯救自己珍愛的東西！

說回泰德的房間，那裏簡直是一幅末日場景：毛毛蟲正追在胖龍身後，把

書架和家具全都撞得稀巴爛。唉，還能有什麼辦法呢？菲菲一旦變身了，就怎樣都攔不住了。

好不容易，胖龍終於掙脫了大網的束

縛，撒腿就跑。只是，他的腳爪胖乎乎
的，跑得很笨拙，而且看起來一臉害怕的
樣子，正耷拉着耳朵，尾巴也蜷成一團。
但湊近看看，其實他也沒那麼可怕呢；相

反他看起來就像是⋯⋯

「胖龍寶寶！」泰德一邊喊着，一邊從牀頭櫃上迅速抱走了一堆書。幸好他動作快，因為下一秒，毛毛蟲就用她粗壯的腳爪撞翻了櫃子。

泰德知識淵博，曾讀過許多關於飛天蜥蜴和飛行動物的書籍。「胖龍寶寶並不危險。」他繼續說，「現在危險的是菲菲⋯⋯快！馬芬，快把她變回精靈！快給她吃甘草糖！」

「你說得倒是輕鬆！」馬芬正氣喘吁吁地從房間的一頭跑到另一頭，躲避

毛毛蟲的攻擊。

眼看沒什麼希望了，大英雄卻意外地

扭轉了局勢。砰！只見他一個踉蹌，摔

倒在地，口袋裏的甘草糖隨之蹦了出來，

被布麗塔接個正着。松鼠沒有片刻遲疑，

將糖果投進毛毛蟲的嘴巴裏，瞬間讓她恢

復了平靜。不久，在原本

毛毛蟲的位置上，

那個溫柔可愛

又調皮任性

的菲菲終於回

來了。

「我們怎麼會在這裏呀？」菲菲一邊問，一邊品嘗着甘草糖，「啊，泰德，你是要帶我們參觀你的小屋嗎？看起來真漂亮呀！不過，我要是你的話，一定會搭建個屋頂的！」

泰德無奈地搖了搖頭。唉，菲菲每次都是這樣，從來不記得自己曾變成毛毛蟲。他正要回答，突然大家聽見了一個奇怪的聲響⋯⋯

「嗯嚕嗯嗯嗯嗯嚕嚕嚕嚕嚕嚕！」

你知道這是什麼意思嗎？是不是都聽不懂呀？哈哈，假如你有機會跟一條壓在

你臉蛋上的巨型蜥蜴對話，就會明白馬芬目前的處境——剛才他被絆倒的時候，不偏不倚地摔倒在胖龍身下。

「我們快把他拉出來，快！」布麗塔大喊，「快給我起來，胖龍！」

但是，胖龍因為剛才的狂奔，已經筋疲力盡。他攤開四肢，無力地喘着氣。

「嗯嚕嚕嚕嗯嚕嚕，嚕嗯嚕嚕嗯嗯嚕嚕嚕！嗯！」馬芬咕咕噥噥。也許他已經想到可以讓胖龍挪開的辦法，但他的伙伴卻不知道這個辦法到底是什麼⋯⋯

「我們可以試着替胖龍搔癢。」

泰德提議，「這樣胖龍就會動起來，然後……」

「嚕！」馬芬在胖龍的肚子下大喊。這一次，大家都明白了。

突然，吉爾走上前說：「讓開，讓開，讓我來！我知道有一道咒語，能把胖龍抬起……起！起！起！胖龍快動！」

6

胖龍的咳嗽

　　這真是一道奇怪的咒語，但它居然起了作用！

　　只見胖龍正慢慢離開地面，在半空中飄浮，伙伴們立刻把大英雄扶了起來。馬芬雖然鼻青臉腫，但沒有大礙，大家不禁鬆了口氣。另一邊，胖龍卻顯得很激動……

「他想下來！」布麗塔邊說邊拔出了木劍，「放他下來應該沒問題，但最好還是小心點……」

泰德告訴她：「放心吧，胖龍是十分溫馴的動物……唯一的問題是我們該怎樣和他溝通，要知道胖龍語是這世上最複雜的語言之一！」

「這算什麼問題啊，嘿嘿！」吉爾笑道，「千語魔法幫到你！」

千語魔法神奇極了！即使自己說的語言和對方不同，對方也能聽懂。真是超級有用，對不對？隨着吉爾施展了千語魔

法，就算現在我用急口令語來講述餘下的故事，你也能聽懂呢。可惜的是⋯⋯我不懂急口令語！

「早上好啊！」大熊魔法師開始和胖龍對話，「我叫吉爾，我身邊的這隻松鼠名叫布麗塔，那個藍頭髮和帶點瘀傷的男孩是我們遠方會的大英雄馬芬。還有停在馬芬肩上的精靈，她叫菲菲，就是之前那條毛毛蟲⋯⋯」

「啊！」胖龍突然尖叫了一聲，露出驚恐的神情。

「別怕，別怕！」馬芬安慰道，「現

63

在毛毛蟲已經不見啦，暫時不會再回來的（希望吧）。最後要向你介紹泰德，就是那位一臉嚴肅的鼴鼠，他是這房子的主人……呃……應該說是曾經的房子。」

「咳！咳！」胖龍先是咳嗽了兩聲，隨後用既可愛又溫柔的聲音解釋，「我叫九十一號。真是對不起，我的身軀很胖，每次一跑就會闖禍。我是個搗蛋鬼，請你們原諒我吧……」

「好吧。」馬芬的嘴角露出了微笑，「原諒你了！」

「啊，謝謝！我真是太高興啦！」

九十一號興奮地搖起尾巴，不知不覺又推倒了泰德的衣櫃。

「你能不能別那麼高興！」泰德一邊喊，一邊忙着收拾散落地上的襪子和背心。

幾經辛苦，泰德把房間整理乾淨，把衣服重新放回櫃裏（那衣櫃可是通過胖龍尾巴攻擊的考驗呢），他終於可以從書本中翻查資料了。

　　「書上説……胖龍很貪睡，這是真的嗎？」他問胖龍。

　　「當然啦！我們幾乎一直在睡，冬眠的時間很長呢！」九十一號回答。但就在他點頭的時候，又不小心砸碎了旁邊的枱燈。那是房間裏唯一倖存的枱燈啊！

　　「你只要説聲『對』就可以了！」泰德生氣地説。

　　接着，鼬鼠清了清嗓子，一本正經地説：「我手上這本珍貴的圖鑑，名叫《令人懼怕的多鱗動物》。書裏説，你們在冬眠之前，會選擇深不見底的洞穴，然後待在那裏很久很久。所以我的推測是，在很久以前，你就已經來到了岩洞之家的洞穴，甚至比我們鼬鼠還早。」

　　「你説得一點都沒錯呢……咳！我和哥哥弟弟們來到這裏的時候，洞穴裏什麼都沒有！」

　　「你還有兄弟？」大家齊聲問道。

　　「當然啦！我還有姊姊和妹妹，否則

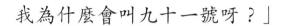

我為什麼會叫九十一號呀？」

「因為你排行第九十一……一個胖龍媽媽會生一百個寶寶！」泰德一邊驚呼，一邊繼續讀他那本厚厚的書。

「沒錯！我們兄弟姊妹共有一百個，再加上媽媽和爸爸！」

「那為什麼你會離開他們，獨自逃出來呢？」馬芬不解。

「因為我突然開始不停地咳嗽……咳！咳！停也停不下來！我不想吵醒一號、二號、三號、四號、五號……」

「以及所有兄弟姊妹！」馬芬打斷了

他，「你做得很對。你們能想像嗎？一百個胖龍寶寶，再加上他們的爸爸媽媽，全都忽然驚醒！」

「想……想都不敢想……」泰德結巴起來。

「不過，要是我不回洞穴去，他們也會很快醒來的。」九十一號憂心忡忡，「因為媽媽每周都會睜開一隻眼，確認我們是不是都在乖乖睡覺。她會一個一個數，然後才繼續睡。如果她發現我不在，肯定會把爸爸和兄弟姊妹都吵醒。到時候他們一定會急着來找我的！」

馬芬不禁瞪大雙眼：「一百多頭飛騰的胖龍！他們一定會令岩洞之家塌陷的，我們必須儘快把你送回去才行！」

「但我們要先治好他的咳嗽，不然這幕仍會上演！」泰德提議，「吉爾，你知道有什麼咒語能醫治咳嗽嗎？快告訴我你知道……」

「我可不想騙你……」大熊回答，「既然目前我們需要的是藥，那麼應該把美迪找來！」

「看看你，就只記掛着美迪！」布麗塔一邊壞笑，一邊用手肘推了推大熊軟綿

綿又毛茸茸的肚子。其實誰都知道啦，吉爾一直都喜歡浣熊醫生。

「沒錯，什麼病都難不倒美迪，只是最近她實在太忙了。」泰德說道，「據我所知，大熊幼稚園爆發了一場噴嚏流行病。而且，要把美迪從熊崖堡帶來這

噗！

裏，需要花太多時間。不過我剛剛想到，也許我這些書本和筆記能幫上忙……」

泰德拿起書本，不停地翻啊翻，看啊看，胖龍便趁機打盹，邊睡邊咳；馬芬在挖鼻孔，他的鼻屎都已經發硬結塊了；布麗塔做了十二次仰臥起坐和三次掌上壓，以保持自己的彈跳力；吉爾吃了一頓美味的蜂蜜點心，不過那些點心是什麼時候放在衣服口袋裏的，連他自己都記不清了；還有……連做三個騰空翻的，你猜是誰？哈，當然是菲菲啦！

突然，泰德從座位上彈了起來，還揮

舞起拳頭。「找到啦！只需要新鮮紅薄荷葉製成的糖漿，胖龍的咳嗽就能馬上痊癒。」

馬芬搓了搓手：「太好了！往哪裏買？」

「這可是買不到的。」鼬鼠回答，「我們需要找到葉子，然後自己熬製成糖漿。我有兩個消息要告訴你們：一個好，一個壞。你們想先聽哪個？」

「先聽好的！」菲菲拍動着翅膀，激動不已，「我喜歡好消息！快說嘛！快說嘛！紅薄荷葉是不是只有花冠王國才有？

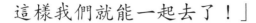

這樣我們就能一起去了！」

　　「很抱歉，並非如此。」泰德歎了口氣，「好消息是：這附近就有紅薄荷葉，所以我們不需要長途跋涉。但壞消息是：它生長在最深的洞穴裏，也就是胖龍們睡覺的地方。換言之，我們必須先找到九十一號的家！」

7

洞穴冒險，出發！

什麼？要來一場黑暗洞穴之旅？

「哇啊！這真是個天大的好消息！」布麗塔揮舞起木劍，興奮地大喊，「我們快點準備……不，我們現在就動身！」

「別急！」泰德若有所思，「別忘了，那裏睡着一百零一頭胖龍！我們可不是去散步的……」

吉爾張開雙臂，說道：「但你不是說他們很溫柔嗎？」

「沒錯！我們是善良又可愛的胖龍！」九十一號微笑着說，「但萬一有誰突然醒過來，就會大聲尖叫，還會噴火！很久以前，四十八號被五十八號踢了一下，從睡夢中驚醒，於是……咳！他張開嘴巴大叫了一聲，噴出的火焰把爸爸的鬍子都燒了起來。哈哈，太好笑了！幸好我們胖龍不怕火也不怕煙。」

「好吧，我們會多加小心的。」馬芬回答，「現在我們需要制定一個計劃。首

先，要讓那些鼴鼠冷靜下來。菲菲，這交給你了，你去安撫他們，然後幫他們把洞裏的煙霧驅散出來。」

接着他看向胖龍，説道：「你就留在這裏，乖乖聽話，千萬不要闖禍。我、吉爾、布麗塔和泰德……馬上出發！」

就這樣，一場探險開始了！之前為了爬到地面，九十一號曾挖過一個很大的洞。遠方會的成員來到這個洞口，並從大網上拆下繩子、鐵絲和藤蔓，緩緩降到洞底，終於又爬回了地道入口。

泰德走在最前。嘿嘿，誰讓鼴鼠在黑

暗中的方向感特別厲害呢。布麗塔的動作也不慢，要說她的方法嘛，那就是用木劍東敲一下、西打一下，這樣就能確定前方有沒有障礙物了。至於馬芬和吉爾則一臉笨拙，走得跌跌撞撞的！

「我們得想辦法弄盞燈來才行……」馬芬嘀咕道。

「這個交給我就行嘛！」吉爾笑了，只聽他清了清嗓子，然後大叫，「閃光閃光，亮亮晶晶！」

話音剛落，無數顆彩色的火星就從他的魔法杖裏噴射而出，像一羣螢火蟲

般，圍繞在他的四周。

「嘿嘿，還不錯吧？」吉爾一臉得意。可是，才過了三秒，光芒就熄滅了。

「哎呀！」這頭大熊幾乎每次都出錯，他只好重新再試一次。

這一回總算成功了！馬芬發現，原來自己差一點就掉進一個黑漆漆的大坑！「啊！這是什麼？」他不禁喊道。

「這是無底深淵。」泰德回答。

馬芬立刻瞪大了雙眼：「你的意思是，這個深淵深不見底？」

不，它就是沒有底。如果你往下扔

顆石子，等待它落地的聲音，那麼你永遠都聽不到。如果你不信，大可以試試呢！

馬芬就是不信，於是他真的抓起一塊大石頭，往深淵裏扔，吉爾則發射出一點火光，好讓大家都能看得清楚。他們的目光全都追隨着那塊石頭——它不停往下，直到消失不見。

真的什麼聲音都沒有啊！

「看見了吧？」泰德一副料事如神的樣子，「也許我們會聽到『撲通』一聲，要是我們回來時還經過這裏的話⋯⋯」

「什麼意思呀？」吉爾和馬芬異口同

聲地問道。

「我的意思是，也許我們並不會原路折返呢？」泰德露出微笑，「好了，繼續趕路吧！」

大家繞過無底深淵，繼續踏上征途。火光在岩洞裏忽明忽滅，製造出的黑影更增添了幾分陰森森的感覺。

你看到馬芬渾身發抖的樣子嗎？那彷彿是一個長了兩條腿、頂着藍頭髮的布丁！不過火光時常熄滅，你可能無法看見……別急，讓吉爾再次施展他的魔法……

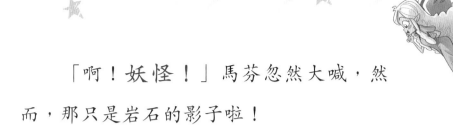

「啊！妖怪！」馬芬忽然大喊，然而，那只是岩石的影子啦！

「啊！巨人的大腿！」他又叫了起來，但那只是樹根的影子！

漸漸地，馬芬似乎習慣了那些可怕的

黑影，不再胡亂尖叫。「你們快看那裏，像不像長着大牙的怪物？」馬芬一邊壞笑，一邊指着不遠處火光映

照下的青苔。

「噓！那是青苔怪！」泰德悄悄說道，整個身體都蜷曲了起來，「他們是青苔組成的，除了牙齒！那些牙齒十分鋒利，被咬的話足以致命。因為他們極其兇殘，所以也被稱為『地下殺手』或是……」

「別再說啦，泰德！我都清楚了，明白了，謝謝！」馬芬壓低聲音說。聽了鼯鼠的解釋，他的頭髮已經比豪豬的刺還要筆直！你想想，要讓他那樣油膩的頭髮一根根豎起，那要多害怕才行呀！

「總之，我們最好別把他們弄醒，對不對？」吉爾也只敢低聲說話了。他把所有火光瞬間收回手爪裏。

「太晚啦！我已經醒了！」一頭青苔怪突然開口道。他的身軀雖然沒有移動，聲音卻讓人毛骨悚然，「我正在想，要不要睜開眼睛，把你們一個個都吃掉呢？哼哼！我聞到了鼬鼠的氣味。不過我不喜歡鼬鼠。啊！我還聞到了松鼠的氣味。嗯！松鼠很不錯，他們可是上等的開胃菜！不過，不過⋯⋯我怎麼還聞到了木劍的氣味？太刺鼻了！」

「我就讓你好好聞一聞，你這個生菜腦袋！」布麗塔已經擺好進攻姿勢，「你想知道我的木劍有多刺鼻嗎？」

「如果我是你，現在一定會躲得遠遠的。」怪物發出陰森森的笑聲，「否則

我一定會先把你吞掉，然後再把你的木劍當牙籤用。」

布麗塔往前跳了一步，正要攻擊，卻發現自己**動彈不得**。她不禁轉身察看，發現吉爾一臉驚恐地抓住她的尾巴。

「讓我再聞一聞⋯⋯嗯⋯⋯」青苔怪繼續說道，「我還聞到了**熊的氣味**⋯⋯不過我對熊毛過敏。算了算了，我懶得睜眼了，這不值得。」

吉爾不禁鬆了口氣，重重拍了拍馬芬的肩膀。

「但要是讓我聞到人的氣味⋯⋯」

青苔怪的聲音突然又響了起來，「那我就非醒不可了。我已經太久沒吃過人肉啦！誰讓這一帶都見不到什麼人呢！不過⋯⋯熊和松鼠⋯⋯唉！算了算了，我一點胃口都沒有了。木劍也不行。好了好了，你們走吧。不過給我快點，說不定我又會改變主意的。」

現在，馬芬覺得自己的頭髮不僅是根根豎直，而且就快脫離頭皮飛起來啦！於是，他像枚火箭似的，一溜煙地逃走了，伙伴們也緊緊跟在他身後。

直到跑得遠遠，馬芬才跳到吉爾的背

上，緊緊將他抱住。「謝謝你！」他大聲說道，「要是沒有你的皮草，那怪物一定會聞到我的氣味，那麼我⋯⋯」

「不用客氣！」吉爾也緊緊抱住了大英雄──緊得幾乎讓他喘不過氣來。

「安靜！」泰德拼命揮動雙手。

「但青苔怪不是已經離我們很遠了嗎？」吉爾反駁道。

「別忘了還有胖龍！」鼯鼠一邊解釋，一邊踮起腳走路，「你們難道沒聽見他們的鼾聲嗎？」

8

深入龍穴

沒錯！是有一些奇怪的呼嚕聲⋯⋯
聽起來像是許多不同的聲音在唱一首走調
的歌曲，但其中有兩把聲音特別不同，它
們更大聲、更低沉也更沙啞，應該是
胖龍媽媽和胖龍爸爸發出的。

大家一進入這座巨型岩洞，全都目
瞪口呆：無論他們朝哪個方向看去，都

是胖龍的尾巴、翅膀和鱗片。如果說一頭頭小龍像是一座座小山丘，那麼在這些山丘中間的，便是兩座大山——胖龍爸爸和胖龍媽媽。他們的鼾聲響徹雲霄，連岩洞內的鐘乳石都顫抖起來！

呼嚕

「你們有沒有看見紅薄荷？」泰德悄聲問道。

「沒有……」吉爾沿着洞壁亮起火光，「不過，下面還有一個更深的洞穴。」

「那正是我們要去的地方。」泰德點了點頭，「再往下走，有地下温泉，還有熱風，紅薄荷就生長在最深處。」

「但問題是，如果我們要去那裏，就必須從胖龍媽媽身上經過……」吉爾注意到了這一點，「我可不覺得『起！起！起！胖龍快動！』這咒語能在她身上奏效，她太重啦！」

「那麼我們就直接走到她身上吧，別無選擇了……」馬芬悄悄說。經過青苔怪事件後，他似乎已經無所畏懼。

「這樣會把她吵醒的！」大熊反對，「你們還記不記得九十一號說過，要是胖龍驚醒，會發生什麼？」

泰德抓了抓腦袋，回想着：「會尖叫，還會噴火……這該怎麼辦？」

不知道你是否注意到，迄今為止，有一位成員似乎對討論一點都不感興趣。沒錯，就是布麗塔！她最討厭浪費時間了。事實上，她已經走到了胖龍媽媽的尾巴

旁，向着馬芬和其他伙伴拼命地招手。

吉爾嚇得臉色蒼白。咦？魔法師熊的臉色要是蒼白起來，會是什麼樣子呢？真是個好問題！其實準確地説，只有他的鼻子會變色，而且是變成灰色。

「我不要過去……」

大熊會走過去的。你看，布麗塔正用木劍在胖龍媽媽的肚子上搔癢。只見胖龍媽媽動了一下，從鼻孔裏噴出一團煙霧，還喃喃説了句什麼……但她並沒有醒來，只是挪了挪身體，剛好留下一道空隙，讓遠方會的成員能從她身邊經過。

布麗塔露出微笑，示意伙伴們跟上。

他們沿着地道前進，但沒走多久，便遇到了岔口。左邊是一條較為平坦的通道，而右邊則一直往下延伸。

「泰德，我們往右走嗎？」馬芬問。

但鼬鼠根本沒時間回應，因為胖龍媽媽的喊聲突然響徹整座山洞，如同雷鳴一般：「九十一號！」

她醒過來了，還發現少了一個孩子。頃刻之間，她的雙眼在黑暗中閃閃發亮，紅得像兩團火焰，正怒視着馬芬和他的伙伴。

「這不關我們的事！」大英雄叫了起來，但他的聲音完全被胖龍媽媽的咆哮給蓋過了。「讓我來！」布麗塔大喊，「你們快向右跑，我想辦法把她引到左邊！」

　　分頭行動是個好辦法！只見布麗塔上躥下跳，還不停揮舞木劍，想盡一切辦法吸引胖龍媽媽的注意。與此同時，馬芬、吉爾和泰德已經來到了右邊的斜坡。

　　在火光的照耀下，吉爾四處張望。不久他問道：「你們是不是也聽見了？」

　　「是的！」馬芬回答，「像是流水的聲音！看來就在附近！」

　　「撲通！」沒錯，那的確是在附近，近到他們三個全都掉到河裏了。河水並不深，只是水流很急，他們在漩渦和湍流中晃來晃去，終於發現岸邊有一些閃着亮光

的樹叢——太好了！那正是紅薄荷！

它們在溫暖的河流邊蓬勃生長，不時被洞穴裏的熱風輕輕吹拂。

「快伸長你們的手臂，能摘多少就摘多少！」泰德大喊。這還用說？吉爾已經摘下了兩大把，馬芬則抱着一整叢薄荷葉，在河裏漂浮着。

「我們只要順着水流回去就好。」鼯鼠提議道，「這一定是影溪河的地下水

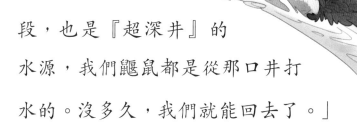

段，也是『超深井』的
水源，我們鼴鼠都是從那口井打
水的。沒多久，我們就能回去了。」

　　泰德說得不錯。不久，地下河
就匯入了一個水池，岸邊到處是
勺子和水桶。

　　可是他們並沒有時間
喘息。一道金色的光
芒照亮了一條地
道，在遠一點的

地方，布麗塔的腦袋正從地道口探出。她一邊奔跑，一邊擺着尾巴。咦？她的尾巴怎麼有點燒焦了呢？

「我試着跟胖龍媽媽交談，但她那個煙熏榛子腦袋只會噴氣和咆哮，根本就不聽我説話！」布麗塔一蹦一跳，「居然還向我噴了一口火！趁她還沒追上來，我們得趕快逃跑！」

「往哪裏逃？」馬芬和伙伴們登上了岸。這時，他們腳下的地面已經開始顛簸起來。一下、兩下、三下——那是胖龍媽媽的腳步！

只是一眨眼的工夫，她已經來到了岸邊，依舊憤怒地咆哮着。只見她吸了口氣，張開大嘴，準備噴出可怕的火焰……

「啪嗒！」馬芬撿起一把泥土，用魔力椏杈射了出去，直擊她的喉嚨！

「咳！咳！」胖龍媽媽咳嗽了兩聲。馬芬趁機鼓起勇氣，湊到了她面前。

「胖龍媽媽，對不起。」趁着對方再次咆哮和噴火之前，馬芬一口氣地說，「我不是故意的但我有件很重要的事要告訴你九十一號很安全誰都沒有傷害他我們只是想幫助他！」

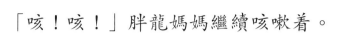

「咳！咳！」胖龍媽媽繼續咳嗽着。

「沒錯，問題就是咳嗽。」馬芬放鬆了下來，「咳！咳！九十一號之所以離開你們，是因為他一直咳個不停，不想吵醒你們。現在有了紅薄荷，我們就能治好他的咳嗽啦！」

嘿嘿！這個時候，你這個滿腦子「紀某」……啊不，是滿腦子「計謀」的鬼靈精，一定會問：吉爾的千語魔法還管用嗎？還是馬芬解釋了半天，其實是在對牛談琴呢？

9

神奇的紅薄荷糖漿

　　胖龍媽媽咳了最後一聲，然後張開了嘴巴：「如果你說的是實話，那麼應該道歉的是我。」哈哈，看來吉爾的魔法依然奏效呢！「但要是你說謊，我一定會把你烤成香腸！」她很快又補充道。

　　幸好馬芬說的都是真的。為了向胖龍媽媽證明這一點，大英雄和伙伴們陪她去

看自己的孩子。當九十一號看見媽媽的腦袋探出礦井的地道時，立刻衝上前去，緊緊抱住了媽媽，還興奮地向媽媽介紹這天認識的新朋友。

與此同時，馬芬和吉爾把紅薄荷葉交給了幾隻鼴鼠，讓他們研磨攪拌。沒多久，一勺芳香四溢的糖漿已經送到九十一號的嘴邊。很快藥力就見效，他終於不再咳嗽啦！

岩洞之家的居民們紛紛熱烈鼓掌。但這時，兩頭胖龍開始打起呵欠——睡覺時間到啦！

在他們返回洞穴之前，泰德把一袋裝滿糖漿的瓶子交到了胖龍媽媽手裏。

「反正我們摘了許多紅薄荷葉，就全都交給你們，以備不時之需。」鼴鼠解釋，「不過請記得，只能在咳嗽時服用。我們在瓶子的標籤上也註明了這一點。紅薄荷糖漿雖然健康美味，但如果在不咳嗽時喝，就會產生惡臭脹氣。你

們知道什麼是惡臭脹氣嗎？」

　　胖龍點了點頭。要想像什麼是惡臭脹氣，其實一點都不難。就在他們說話的時候，一聲響屁突然傳來。一定是有誰喝糖漿前沒閱讀標籤，又或是讀了，但他視力不佳，而且忘了戴上眼鏡……

　　「是『大近視』鼴皮斯！」一隻鼴鼠大喊。泰德露出不悅的神情，從自己的書堆裏拿出其中一本，翻閱起來。

　　「惡臭脹氣……」他喃喃自語，「綠色鼠尾草藥劑可治。此類植物生長於影溪河河岸……」

「萬歲，我們又能出發探險啦！」布麗塔興高采烈。

「停！」泰德反對，「我們最好還是先休息一下，然後再去找藥草，不必着急。要是馬芬願意，可以先回家……」

「哈啾！」大英雄打了個大噴嚏。

哈啾！

這也難怪：一會兒冷，一會兒熱；一會兒下水，一會兒吹風，馬芬的感冒看來不輕呢！

伙伴們擔心起來：「我們一定會找到合適的藥草，讓你馬上康復！」泰德安慰他。

「或者我們可以把美迪請來！」吉爾忙不迭建議，「說不定你也染上了那種噴嚏傳染病呢！」

「不用了，謝謝……」馬芬拒絕了他們的好意，「這場感冒來得正是時候，我才不要它這麼快好……哈啾！」

　這是當然啦！你忘了嗎？很快，大英雄就要回到學校，回到體育課，回到韋斯老師的「魔爪」之中。你還記得那個想把他訓練成運動健將的老師吧？嘿嘿，一場突如其來的感冒不正是個絕佳的藉口，可以讓他逃過一劫嗎？再說，他已經是個大英雄了，不必成為運動健將啦！

　「哈啾！」

　「馬芬，保重啊！」伙伴們異口同聲喊道。

魔法烏龍冒險隊 4
治癒胖龍的妙藥

作　　者：史提夫·史提芬遜（Sir Steve Stevenson）
繪　　圖：伊雲·比加蕾拉（Ivan Bigarella）
翻　　譯：陸辛耘
責任編輯：陳志倩
美術設計：陳雅琳
出　　版：新雅文化事業有限公司
　　　　　香港英皇道499號北角工業大廈18樓
　　　　　電話：（852）2138 7998
　　　　　傳真：（852）2597 4003
　　　　　網址：http://www.sunya.com.hk
　　　　　電郵：marketing@sunya.com.hk
發　　行：香港聯合書刊物流有限公司
　　　　　香港荃灣德士古道220-248號荃灣工業中心16樓
　　　　　電話：（852）2150 2100
　　　　　傳真：（852）2407 3062
　　　　　電郵：info@suplogistics.com.hk
印　　刷：中華商務彩色印刷有限公司
　　　　　香港新界大埔汀麗路36號
版　　次：二〇二一年一月初版

All names, characters and related indicia contained in this book are copyright and exclusive license of Atlantyca S.p.A. in their original version. Their translated and/or adapted versions are property of Atlantyca S.p.A. All rights reserved.
© 2018 Atlantyca S.p.A., Italia
© 2021 for this book in Traditional Chinese language - Sun Ya Publications (HK) Ltd.
From an original idea by Mario Pasqualotto
Editorial project by Atlantyca S.p.A.
Text supervisor: Augusto Macchetto
Illustration by Ivan Bigarella
Colouring by Alessandra Bracaglia
Art direction by Clara Battello
Original edition published by Mondadori Libri S.P.A per il marchio PIEMME
Original title: Marvin E Il Cicciodrago

International Rights © Atlantyca S.p.A., via Leopardi 8 - 20123 Milano – Italia - foreignrights@atlantyca.it- www.atlantyca.com

ISBN: 978-962-08-7639-4
Traditional Chinese Edition © 2021 Sun Ya Publications (HK) Ltd.
18/F, North Point Industrial Building, 499 King's Road, Hong Kong
Published in Hong Kong
Printed in China